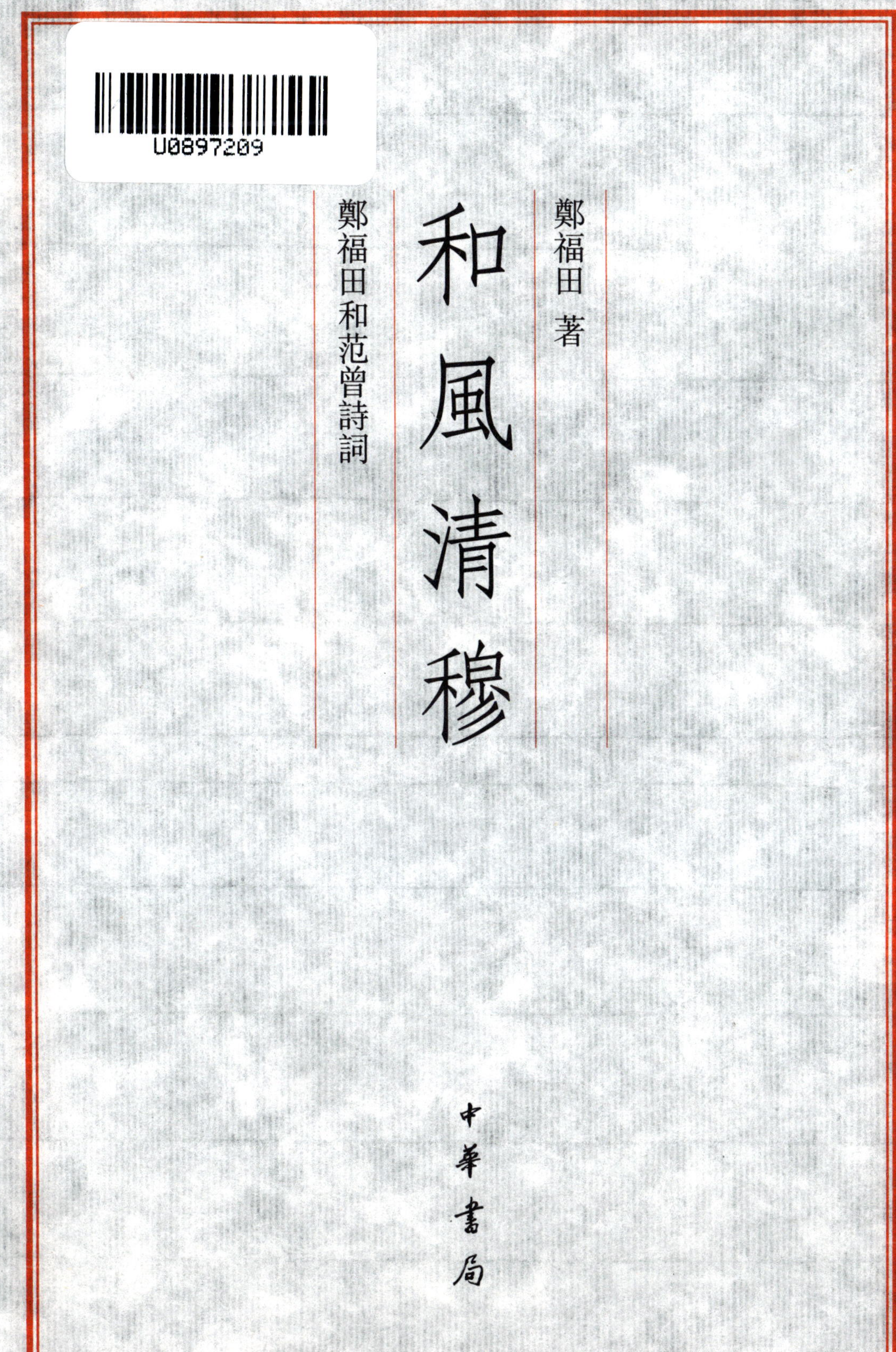

鄭福田 著
和風清穆
鄭福田和范曾詩詞
中華書局

味風書影

序　福田和詩集

一日，内蒙書家何奇耶徒携詩稿數帙來舍，謂其芳鄰鄭福田君所和吾詩。余不知鄭君何許人，及展卷粗讀，即知非等閒輩。復細味之，不禁拍案稱絶。於詩界閲人多矣，亦偶有作手，然酸腐强半。無文而拽謂酸，有文而拽謂腐，有此二病，則若附骨之疽，纏終身無以解免。

鄭君於辛卯春月來京開會，始得相逢。向以爲詩人必風華婉轉，有臨風披襟容貌，乃遠來一偉然壯士，凛凛然有虎賁烈士之態。余大喜，謂披襟不失靈均志，掣電還追奔疾鞍。再閲所和全帙，深以爲知音并非朝夕相處所必須，相隔萬里，素未謀面，有靈犀相通，精神往還，是真詩人之交也。

鄭君生於窮鄉農家，少穎慧足智。及長，博學而强記。此猶不足爲詩人也。鄭君所以爲詩人者，不失赤子之心，孟子述於前，伯隅導於後，其詩之可讀可賞明矣。

十翼范曾於抱冲齋

二〇一一年三月九日

目録

七言絶句

和風清穆 目録

長短句

附録

和風清穆

即事抒懷兩首之一

我有迷魂應可招，前塵影事已迢遥。
斷腸豈祇他年淚，入眼惟欣故國嬌。
逸足常慚大道躓，高懷敢忘旭陽昭。
從來聖代無棲隱，煒煒華章動碧潮。

和即事抒懷兩首之一

誰向蒼茫賦大招，塵埃野馬此身遥。
好參九地無窮變，莫做三生有限嬌。
在嶺吹衣風烈烈，流霞拂鬢日昭昭。
靈均襟抱男兒事，終古雷音是海潮。

即事抒懷兩首之二

自取牢騷世不憐，蹉跎内省入詩箋。
孤飛燕雀隨荒草，搏擊鴻鵠到昊天。
念昨争堪彈舊夢，撫今亟欲振新弦。
此情未肯成追憶，用報知音問哲賢。

和昭事抒懷兩首之二

謹向耆英碩大名，還來野渾元遙。

好參九地無窮變，莫使三生有限嬌。

在嶺吹衣風冽冽，流霞捧[illegible]日昭昭。

靈芸樂苗思兒事，終古雷音是海潮。

和風清穆

范曾 鄭高田

昭事抒懷兩首之二

自取平騷世不遂，謫從內省人非義。

孤飛燕雀隨荒草，搏擊鴻鵠到昊天。

念昨爭棋彈書夢，無令陰發兼游旅。

此情未肯成追憶，用報知音問苦賓。

和即事抒懷兩首之二

文章憎命未須憐，眼底西昆與鄭箋。
是大英雄欣所遇，憑真羽翼造其天。
早登畫界凌烟閣，再展仁懷醒世弦。
十九浮生徒擾攘，幾人希聖復希賢。

壽平山郁夫先生

深誼雲隆二十秋，日星遞照大江流。
同天風月漢唐仰，巡地塵沙詩畫留。
偉制絲綢上古道，慈心慧覺至今遒。
持懷我禱嵩山壽，共向菩提樹下修。

和壽平山郁夫先生

帶水鄰邦共萬秋，况兼宗派起源流。
得公筆墨長雲卷，擬我塵沙偉境留。
幻化佛禪師正覺，居諸日月運方遒。
交親遠祝嵩峰壽，廣島心痕要漸修。

憶昔與平山郁夫吳作人黃胄合作明月照歸圖

憶昔相逢壯歲時，風華一似報春枝。
豪情擊節杯爲淺，畫境開張筆肯遲。
策蹇蹭蹬明月照，引吭爽發寸心知。
此歡不再鶴歸去，留取丹青不盡思。

和憶昔與平山郁夫吴作人黄胄合作明月照歸圖

天馬恢張認舊時，東風梳桂綻青枝。
新詞不唱家山遠，玉斗誰聽客路遲。
并轡行唯春解語，比肩歸有月相知。
劉郎才氣千秋畫，一上高城起壯思。

壽康寧七十

薰風又見祝融來，菡萏方塘次第開。
記得濂溪無雜染，還從法座忘塵埃。
童心未以千齡限，大筆能趨九疊垓。
半紀康公誼篤甚，相濡七十共卮醅。

和壽康寧七十

苦老青藤撲面來，三千世界陣容開。
遠香若許亭亭蓋，净植曾無寸寸埃。
法座童心仍舊貫，綸音椽筆掃陳垓。
騷壇多少英雄氣，陶寫雙清伴玉醅。

和盈午用原韵

遐齡峻極古今通，不老蒼穹即似翁。
筆陣思排千仞外，詞章敢立百年中。
常懷伯子盤空語，最羡錢公點將風。
傾斝軒堂欣劫後，庭前鶴頂映桑紅。

鄭福田

和和盈午用原韵

瓜瓞文明一脉通，聖賢大道問詩翁。
離騷自是千年好，翰墨真堪百歲中。
詩愛孟韓盤硬語，書如蘇米始宗風。
相看彌望垂楊柳，來襯初黄共淺紅。

范曾

賀新聞戰綫五十周年之慶

世界風雲五十秋，新聞砥柱立中流。
曾經滄海桑田變，欣沐雄風麗日游。
發展今看科學策，和諧便是萬年籌。
輝煌戰綫如椽筆，祝嘏千鈞腕力遒。

和賀新聞戰綫五十周年之慶

無華簡册是春秋，上國喉舌第一流。
人世固多滄海運，天陲每見大鵬游。
盈虧消息開生面，高下疑難轉勝籌。
今更江東飛玉屑，五洲逐鹿力清遒。

夢溪夢境口占述异

夜夢相携故里游，霏微細雨入心頭。
江山代有賢人出，史帙何曾俗客留。
寂寞彷徨多挂礙，歌吟跌宕信能修。
青藤作椅聊爲傘，待坐浮雲百尺樓。

和夢溪夢境口占述异

鄭福田

好向逍遥夢裏游，故鄉舊雨細當頭。
莊周蝴蝶原無待，水曲山阿俱可留。
未信疏狂妨大德，且從蕭瑟認前修。
溪公藤椅坡公杖，一樣風流最上樓。

壽盈午尊翁百齡

范曾

一世勤劬自有功，望中兒女意閎中。
曾經火燹無窮恨，晚接平和盛代風。
博雅文章傳海內，疏瀹品鑒映天隆。
炷香再拜嵩山壽，共禱彭城百歲翁。

和壽盈午尊翁百齡

鞠育欣然即偉功，才難秀外此閎中。
曾經笛裏關山月，不但樽前芷蕙風。
九畹花詩如玉好，一庭樹愛比肩隆。
江東也拜彭城壽，十萬心香百歲翁。

題仁臣兄天地大美影集

以沫相濡寧肯忘，風雲卅載鬢驚霜。
披衣我自詩人質，守硯君思治國方。
社稷存亡斯共膽，文章跌宕熱中腸。
山川鏡影留千古，蕙茝終歸列衆芳。

和題仁臣兄天地大美影集

待鶴聽濤肯坐忘，虹驚壺口鬢驚霜。
極邊凍準停雲境，絶頂旋螺滾雪方。
一袖清風除芥蒂，半輪皎月照肝腸。
香茗與子從容遞，竟夜倡狂話芷芳。

觀京劇借東風

茅廬高卧憶隆中，廿載烟雲計未窮。
軍律淚邊辭馬謖，草船赤壁弄曹公。
祁山六出真無奈，荒塞七擒有苦衷。
往事千年當不朽，揮豪自覺借東風。

和觀京劇借東風

高卧蕭然五柳中，如君雅量豈終窮。
寧知舊巷哭顔子，何若東山起謝公。
六出頻繁長短策，七擒坦蕩淺深衷。
兩朝人物多瑜亮，許借光明正大風。

元旦抒懷和盈午

宏門正學待薪傳，虬曲老枝别樣妍。
激蕩風雲誰肯後，披紛摛藻我爲先。
瑶池獻壽三千歲，碧水還居四十年。
九畹滋蘭繁蕙茝，飛觴教席衆徒前。

和元旦抒懷和盈午

狷狂盛代豈無傳，秀出凌霜傲雪妍。
天上星繁知斗重，世間春早許人先。
杏壇要化三千客，絳帳當歌五百年。
碧水瑤池真好處，雲光花雨玉樽前。

題印花稅票兩首其一

登高我欲學先賢，亘古清風不墜天。
屈子追詢曾向壁，羲之運腕憶臨泉。
行看赤縣宏圖業，翹首霜鵠碧昊穿。
貨殖欣成興國事，印花已預寫新編。

和題印花稅票兩首其一

掌中方寸畫前賢，貨殖春秋別有天。
一帖換鵝稱好會，五千著論溉靈泉。
莊生蝶夢蓮情遠，太白霜思月影穿。
賞硯憫漁高格調，於今又入治平編。

鄭福田
范　曾

題印花稅票兩首其二

霜毫我欲賦炎黃，史迹千秋熠熠光。
故國牡丹呈絢爛，寰球蕙茝亦芬芳。
巡天共仰和平世，俯地能忘信睦鄉。
大道之行開勝境，還將玉帛寫華章。

題印花稅票兩首其二

印花細事證蒼黃，吾國文明日月光。
凝露晶瑩春夜永，說蓮窈窕碧池芳。
民人誠信通新貨，品物豐饒遍舊鄉。
陶寫三才呈藻彩，寰球大道一平章。

用秋興八首韻詩中皆有一牛字其一

憶抗日戰爭鄉居少年事

牽牛記得越山林，葳蕤衆芳萬木森。
望裏青峰雲靄掩，吟邊碧水雨霏陰。
家園早恨東夷火，草屋今藏故國心。
少小勿忘斯大辱，猶思擊盜舉衣砧。

和用秋興八首韵詩中皆有一牛字其一

南牛款段傍長林，北特鳴沙野境森。
島虜一朝侵禹甸，狼烟萬里亂春陰。
羡君博浪澄清志，開我登車攬轡心。
也向江頭覓詩句，一鈎新月暮天砧。

用秋興八首韵詩中皆有一牛字其二

憶蘇北新四軍抗倭大勝，前四句言先尊子愚先生爲居士而愛國

獨輅潮橋固不斜，能居佛國忘中華。
須彌芥子終離相，大漢微沙豈見槎。
號角傳星知血戰，旌旗映日慶歡笳。
淮南海溢多奇士，牛角争懸勝利花。

和用秋興八首韵詩中皆有一牛字其二

鄭福田

吹笛騎牛日影斜，和平期待滿中華。
要憑轉語明禪意，未許妖氛入漢槎。
肝膽千秋豪士血，旗旌遍地柳營笳。
關河百戰將軍老，猶憶當年得勝花。

用秋興八首韵詩中皆有一牛字其三

記粟裕將軍威名

范曾

英雄立馬映朝暉，粟裕揮戈越翠微。
赤幟翻風江浪起，倭旗落地寇魂飛。
青紗帳裏威名在，盛世庭中列次違。
野黍無人猶自長，秋耕節季犢牛肥。

和用秋興八首韵詩中皆有一牛字其三

萬頃江波映日暉，犢牛恬靜遠山微。
當時帳下軍聲涌，此際灘頭雁陣飛。
一粟勛名輕了却，百年德望總依違。
分明清夜閑花發，芷正飄香笋正肥。

用秋興八首韵詩中皆有一牛字其四

抗戰勝利内戰又起有感

一夢東夷早失棋，生靈塗炭不勝悲。
「天皇」八月降書日，故國千山爆竹時。
玉碎荒疆猶待理，金甌一統竟相馳。
騎牛覓句吾家事，局勢升沉莫漫思。

和用秋興八首韵詩中皆有一牛字其四

漫援世事擬枰棋，一子存亡可限悲。
浴血已離生死劫，開懷及見太平時。
寧知手足相扶掖，翻作參商兩背馳。
牛角彎環空佇望，南中風物起深思。

鄭福田
范　曾

用秋興八首韵詩中皆有一牛字其五

述屈子之悲

徘徊屈子漢江頭，世俗流從幾度秋。
未是村童能解惑，可憐漁父枉添愁。
誰曾着意隨閑鶴，我欲無心覓舊鷗。
最羨青牛函谷外，老聃論道古甘州。

和用秋興八首韵詩中皆有一牛字其五

離歌故繞楚峰頭，抱石沉江幾度秋。
應是牛童知姓字，豈緣漁者解牢愁。
堪憐扈紉香蘭客，不及回翔錦岸鷗。
濯足濯纓荆水上，濁清無礙立南州。

用秋興八首韵詩中皆有一牛字其六

抒懷以示老驥諸公

崇川故里紫琅山，法乳堂中鐘鼓間。
弘一捨身凡俗世，敬安燭指死生關。
牽牛運轉高僧曆，放鶴慈和大德顔。
卅載風雲人亦老，雄心自比勝朝班。

和用秋興八首韵詩中皆有一牛字其六

八荒吞吐此奇山，入海濤波指顧間。
纍世高僧傳法乳，兩廊名畫報鄉關。
迭興學術希文裔，不廢弦歌駐鶴顔。
翰墨從來稱巨擘，牧牛況與鷺鷗班。

用秋興八首韵詩中皆有一牛字其七

來歐著文七篇頗快意云

靈均上溯祝融功，絶妙干支楚韵中。
丑歲唯知牛踏月，寅年便覺虎生風。
流沙傾瀉飆風黑，折木逍遥落日紅。
我自來歐多异事，如神下筆髯蒼翁。

和用秋興八首韵詩中皆有一牛字其七

闔顧能臻造化工，南華吾道得環中。
詢牛已預盈虧月，跨海相關斷續風。
湖到博登三國緑，花開百合一天紅。
漫將豪素驚歐陸，耆舊從來重此翁。

用秋興八首韵詩中皆有一牛字其八

抒懷以追往事思來者

吾生七十道逶迤，犢飲臨流接夢陂。
縱使高松遮柏幹，能教衆莖伴桃枝。
煌煌往迹誰思動，瑟瑟今威恐莫移。
巨制還懸人大殿，雲霄萬古盛名垂。

和用秋興八首韵詩中皆有一牛字其八

并州竹馬列逶迤，聞道郭侯過錦陂。
有賦炎黃供上國，能書華夏在高枝。
出關老子青牛遠，讀易臣丘素月移。
大化渾渾全聖德，江東十翼若雲垂。

悼季羡林大師用周汝昌先生韵

悲風一夕掃人寰，師首攸歸學苑寒。
我欲從公循大道，誰能啓卷悟真禪。
三年勺水蓮初展，萬世浮屠塔莫闕。
遺澤世間天地久，先生笑貌照吾翰。

和悼季羡林大師用周汝昌先生韵

弦歌遺愛在塵寰，耿耿長星破曉寒。
與世垂文除妄語，替人作嫁證真禪。
生涯瓜豆方舒手，事業名山每扣關。
絕學一朝歸海內，三千弟子鳳凰翰。

叠韵敬和周汝昌先生

修遠周流俯世寰，興邦多難未心寒。
書齋樹蕙能尋道，佛國飛花即是禪。
物與民胞籌大略，風和雨霽越雄關。
悲懷莫漫從茲退，信有今賢拓浩瀚。

和疊韵敬和周汝昌先生

竊火當時到九寰，秋燈耿耿布衣寒。
希逋意境孤山鶴，齊奘心懷百味禪。
卓爾文章稱國士，相如兄弟抱津關。
蹉跎史乘青春夢，好展華篇賞翠翰。

三疊敬和周汝昌先生

浮雲頓遏泣人寰，詎料悲風透骨寒。
不信先生停大筆，曾經若木拂狂禪。
孤踪未畏修羅塞，浩帙來張閶闔關。
此去音容猶自在，千秋妙近哲賢翰。

和三疊敬和周汝昌先生

文明影響滿人寰，一任天炎并雪寒。
三昧得時兼象趣，此心安處笑狐禪。
常期後學千枝綠，最仰先生百疊闌。
莫道聖賢終寂寞，書林神物老龍翰。

題中國古代書院郵票

千秋文脉遍中華，黌舍欣看不敗花。
陬邑仲尼傳聖典，稷宫荀况納諸家。
朗吟萬古風猶浩，弦奏九州聲莫遮。
薄海齊襄安定業，巍巍銀杏映朝霞。

和題中國古代書院郵票

由來學養重吾華，書院曾開爛漫花。
與點春風臻聖域，知魚秋水始方家。
升堂故有朱弦起，奪席原無絳帳遮。
七彩追攀文脉遠，鳳凰毛羽五雲霞。

雪後漫興　和寒碧用原韻四首其一

九弄龍吟散雪塵，周天皓潔照迷因。
浮桴幾載無蘭楫，醉酒千杯爲美人。
海角詩章愁織句，故園書札笑含嗔。
離騷著色流雲外，素練霜風别有神。

和雪後漫興　和寒碧用原韵四首其一

當時鱗甲肯成塵，六出飄颺未了因。
原上獨行迷四至，爐邊對飲祇三人。
香花閑供輕名利，美句微吟泯愛嗔。
話到滄浪横海意，煜然風采碧霄神。

雪後漫興　和寒碧用原韵四首其二

玉龍鱗甲化烟塵，一色乾坤掩夙因。
犖确曾爲搏浪石，高華豈是破衫人。
蛾眉早識浮生累，峻骨須迎幾世嗔。
日晚愁觥行烈酒，鍾馗躍馬起風神。

和雪後漫興 和寒碧用原韻四首其二

高華宛似杏吹塵，榮枯從茲悟果因。
搏浪椎驚豪士血，拈花手讓素心人。
蛾眉未悔虹霓氣，峻骨何傷鷗鷺嗔。
且酌西江傾北斗，醉餘縱筆畫豐神。

雪後漫興 和寒碧用原韻四首其三

雲霄萬古走飆塵，妙近維摩説夙因。
一樣菩提陰下路，三生阿耨石中人。
巡游佛足無遐邇，獨朗心珠忘喜嗔。
法界清凉丢夢想，詩箋淡墨自存神。

和雪後漫興　和寒碧用原韻四首其三

世間芥子共微塵，出處高卑兩造因。
水面諸般垂釣客，山中一色著粉人。
了無俗諦詩方好，每有靈犀性不嗔。
如絮銀花輕且落，要憑法乳寫精神。

雪後漫興　和寒碧用原韻四首其四

野馬行天萬丈塵，中樞直赴悟深因。
鼓盆權作他年淚，振翼應非倒挂人。
秋水無涯荒地泛，朝菌莫向夕陽嗔。
惠施雖死遺塋在，每憶揮斤輒爽神。

和雪後漫興　和寒碧用原韵四首其四

擲虎騰蛟萬里塵，憑誰解得眼前因。
顛翻紫鳳天吴色，亂煞南腔北調人。
秋水滔滔迷犢馬，佛言歷歷去貪嗔。
莊生偉論能齊物，一樣河神與洛神。

讀捷生兄和詩復用原韵以抒浩歎

憶播春蘭九畹風，終軍報國意無窮。
鬚眉一夕飛寒雪，苦恨經年積曠躬。
鳳去荒臺留燕雀，龍來涸澤亦魚蟲。
孔生閑説青聯事，豪士而今仰古松。

和讀捷生兄和詩復用原韵以抒浩歎

畫出林梢澹蕩風，頻年心事語何窮。
波摇豈必從人語，瀾倒應須看我躬。
鬢雪先生仍舊貫，髫垂童子鬥秋蟲。
興來不寫閑魚燕，檢校長身十萬松。

康寧作丈八巨畫野渚清幽圖屬題因憶少年闕門相聚事

西闕蟄居憶少時，朝研石硯晚吟詩。
當風四壁唯書册，對影三人共酒巵。
鶩逐聲名何足顧，雲飛意趣信堪持。
夢回卌載催霜鬢，潑墨荷塘寫鷺鷥。

和康寧作丈八巨畫野渚清幽圖屬題因憶少年闕門相聚事

想見軒昂振羽時，一行掠水一囊詩。
友朋逐日來三顧，書册成圍飲幾卮。
味道茶禪清始覺，生涯瓜豆好方持。
而今天下文章老，共向高齋看鷺鷥。

題徐悲鴻奔馬圖

風容颯爽羨徐公，鬃尾千絲白玉驄。
落日大旗征伐後，流霞戎帳浩歌中。
將軍偉績留勛表，駿驥霜蹄立昊穹。
莫漫哀鳴思戰鬥，回歸莽野亦英雄。

和題徐悲鴻奔馬圖

詩家舉世愛吾公，公愛徐公白玉驄。
風動萬毛長嘯裏，竹披雙耳箭馳中。
冰河莫洗昭陵駿，虎脊應鄰漢帳穹。
圖畫江東豪士喜，從來寶馬贈英雄。

放歌

我羡東坡排奡筆，訇然一語萬雷沉。
雲來腕底真疑幻，月到吟邊古亦今。
跌蕩聊攄千載恨，披紛隱見九歌心。
閒情直欲丢荒澤，流水高山憶雅琴。

和放歌

异代風華真健筆，從容磊落寫浮沉。
翱翔偉翼經行遠，開謝香花看到今。
兩字鏗訇齊勝境，九歌陫側一初心。
青山碧水同流轉，激蕩坡仙玉洞琴。

有贈

少小逢人説壯猷，騷魂老去意悠悠。
獨憐皺縠生春水，未許晶瑩付濁流。
天岸龍媒期競世，衡陽雁影一横秋。
心潮已伴高風起，詩更蒼涼膽更遒。

和有贈

一自龍圖展大猷，雲天高誼世間悠。
胸羅武庫軍中譽，月滿霜華塞上流。
百代開張多俊逸，三生憂樂幾春秋。
論功早許燕然勒，作賦君家最健遒。

有感

未識時裝費剪裁，可堪故土雜花開。
飄零一劍空懸月，斑駁千詩任著苔。
盡掃殘紅風雨快，才抽嫩綠雪霜來。
華章早耻求周粟，隔海同儕醉斝杯。

和有感

天縱詩書入妙裁，更兼心畫九光開。
漁家曲調清霜月，屈子衣襟故國苔。
冠帶從他新款老，雲端期我好音來。
浮槎泛海尋常事，眼底蒼茫酒一杯。

海外抒懷

三載悠悠不復在，庭中草茂又春温。
浮桴已悔辭京闕，寄寓無緣探國門。
冠蓋往還皆大夢，飆塵奄忽惜芳魂。
歸來詎料他鄉淚，傾入長歌濁酒樽。

和海外抒懷

當年笛裏豪情在，晏爾堂前笑語温。
一旦琴書離故土，幾周星月誤君門。
滿腔别恨思鄉路，透骨衷懷有夢魂。
國士無雙天下重，來歸處處酒盈樽。

有感

芙蕖已卜泣秋風，熨熱閒情意未窮。
自守崇樓容嘯傲，便將素楮寫葱蘢。
身抽六合浮雲外，詩在千杯烈酒中。
早識人間庸不救，壯夫肯顧小雕蟲。

和有感

人間毀譽馬牛風，吾道恢宏豈困窮。
但有容膝樓上下，肯教寄興句蒙蘢。
迭承文脉三峰遠，出處桃源一望中。
净植從來花總好，漫抛青眼向鷄蟲。

歸故里有感於先嚴范子愚先生謝世故園冷落余詩以記之

巷陌淒淒有碧苔，斜陽草樹映餘哀。
空梁土落無歸燕，高架書陳著舊埃。
自領孤吟公竟去，胸羅大賦我重來。
會當紫氣彌城北，薄日詩情拂九垓。

和歸故里有感於先嚴范子愚先生謝世故園冷落余詩以記之

踪迹階前印翠苔，素心冷靜晚風哀。
移情文字三生慧，插架圖書一硯埃。
好作歌吟乘月去，曾經嘯傲抱琴來。
謝家罔替芝蘭質，大賦炎黃振九垓。

吊蘇公祠

儋州瘴癘漫窮荒，眇眇余懷黯自傷。
曠士浮生思抱月，老臣孤憤祇憑檣。
夜闌偶作莊生夢，酒後聊爲楚客狂。
洞酌泉邊椰子樹，一枝一葉總昂藏。

和吊蘇公祠

風流文物每投荒，孤憤艱難草木傷。
露斷孤鴻方缺月，囊盈好句未懸檣。
蟻浮芥上知榮辱，鳳詠歌中認狷狂。
屈賦心思莊蝶夢，髯翁十翼兩昂藏。

采石磯懷李白

杖劍浮游學楚狂，青崖白鹿自昂藏。
飛觴醉忘紅塵夢，弃鋏吟懷極樂鄉。
天授詩心無敵手，雲浮雁羽少同行。
疑非欲挽江中月，采石磯頭事可傷。

和采石磯懷李白

學劍求仙白也狂，丈夫去國意昂藏。
逸翰鵬賦升平世，無敵歌吟華胥鄉。
誤入長安彈鋏手，好携小杜作詩行。
悲來笑矣君山險，一醉當塗百代傷。

讀魯迅詩集

春温秋肅總凄其，冷暖陰晴衹自知。
荷戟彷徨人去後，卜居寂寞夢回時。
黄鐘已毁餘孤鐸，白髮長梳照廢池。
違弃改求他日淚，誰堪倚坐大江湄。

和讀魯迅詩集

月光如水夜何其，一旦眉橫天下知。
殘葉寒塘聽雨後，蓮溪净植倚欄時。
投槍鬥士探新徑，覺夢精禽笑舊池。
却與江東成异代，蕭條心事水之湄。

鄭福田
范　曾

無題

滔滔皆是我何之，大壑閑花自放時。
滄海弄潮身是客，崇樓演教意爲師。
枯寒獨宿麋爲友，瘦損相思月似眉。
寂寞春光歸去也，翩翩蝶影枉神馳。

和無題

開謝閑花驟見之，塵埃野馬卷來時。
心隨秋水三千里，公是前途一代師。
每欲圖南詩化羽，才生塞北柳成眉。
相思情緒經滄海，冠蓋樓頭看鶩馳。

赴梁山途中

崢嶸歲月未能忘，故地重游鬢已蒼。
世降奇才開境域，天留巨石待文章。
詩成每比靈均志，筆落曾同接輿狂。
假我長生還甲子，猶來古兗醉飛觴。

和赴梁山途中

連峰雲外肯相忘，依止高天正色蒼。
鵬舉飆風浮大翼，公來山水即華章。
勒銘事業君家久，詠鳳生涯吾楚狂。
兩度歌行游興遠，一花一石一稱觴。

和盈午

我有悲懷隨大化，紛陳世態總茫茫。
异才行看容天地，卓識誰能辨度量。
詩思固承家學遠，豪情不讓古賢狂。
人間底事渾如鶩，相逐晨昏竟日忙。

和和盈午

天與文華驚海內，春風秋水共蒼茫。
朋儕未便高翔翥，健翮誰堪細考量。
一范當年知寇遠，三才并世許公狂。
紛如車馬滔滔是，何事攀雲逐日忙。

和盈午

文人處世百無能，六合回風我自勝。
伯子高吟聞海岳，仲弓博愛拂江澂。
浮桴十載何稍悔，振翰清秋即大輿。
獨執長瓢心不醉，臨流濯足意相承。

和和盈午

龍文鳳彩更誰能，扛鼎移山力不勝。
創體同光欽伯子，行吟遺愛滿江澂。
曾經海岳高名起，未負春秋偉業興。
皎月清風良我友，拜鵑心事共相承。

讀鄭板橋焦山石竹圖感喟奚似乃口占一律示欽

展卷清風二百年，高枝依舊拂青天。
濰城十載留芳績，江北殘秋肯醉眠。
跌宕詩心隨逝水，蕭疏畫筆寄孤荃。
旌旗肥馬烟塵客，對此如何說悟禪。

和讀鄭板橋焦山石竹圖感喟奚似乃口占一律示欽

雨激雲飛年復年，誰家枝葉動高天。
甘承大夢無人覺，清澈長宵枕石眠。
幾筆竹成傳好節，滿腔愛蘊寫芳荃。
輕肥裘馬紅塵遠，幸有江東一味禪。

季羡林陳省身二大老賜序感懷

浩渺銀潢巨眼藏，何期二老出文章。
雄談最羡排山氣，勖勉猶昭潤物光。
舉世争輝隨鶩陣，觀天守拙看龍行。
莊生悠謬荒唐筆，祇在江東卷裏狂。

和季羨林陳省身二大老賜序感懷

山容海納一身藏，肝肺芒芽錦綉章。
淡是鄉溪三折水，柔同新月兩圍光。
雄談有序風檣立，快論無涯陣馬行。
共看江東出神筆，莊生不老楚生狂。

和盈午用原韵三首其一

次第雲移過抱冲，青蘋出水起清風。
沙場百戰窮奇遁，海溢千秋闊浪東。
半世途中經浩劫，三生石上立蒼鴻。
惟心自信孤燈在，欲向先賢問异同。

和和盈午用原韵三首其一

山光水色慕清冲，點也當年解舞風。
書畫不惟滄海立，辭章豈祇大江東。
曲高危處偏行馬，心醉醒間正語鴻。
曾接先生芳澤遠，三生超逸復誰同。

和盈午用原韵三首其二

周行大道未云亡，逆境何曾損志揚。
苟使懷悲常歷歷，真能免俗即堂堂。
當知舊侶於今少，莫懼天衢此後長。
我欲觀書尋遠哲，中宵大月照渾茫。

和和盈午用原韵三首其二

書有宗風詩豈亡，雙鬟童子亦揚揚。
出關迢遞青雲路，夢蝶翩翻畫錦堂。
天下華文期大雅，檐間柳眼愛初長。
香分遠哲輪心處，一綫靈犀接渺茫。

和盈午用原韵三首其三

我厭桑間濮上聲，千夫所指獨眉横。
雄談自識春風早，大業何憂俗世驚。
翹首天河旋列宿，麾旌古道有精兵。
雲飛化外欣初霽，赤日浮山照眼明。

和和盈午用原韵三首其三

懸河手段未希聲，盡掃桑間筆勢橫。
傳世春秋應有异，含章風雅莫須驚。
神駒皇駁思嚴壘，銀漢縈回洗甲兵。
自是黄金臺上客，雷音一作眼分明。

致盈午弟

十載浮桴偶亦傷，宫商大調肺肝藏。
蛾眉重妒生淫詠，大月孤懸照异香。
我愧談詩輸韵律，君期灑句到清狂。
欣聞石壁猶空待，性愈豪嵩意愈長。

和致盈午弟

委弃黄鐘列士傷，便憑情性定行藏。
遥知渡海迍邅路，何似周天錦綉香。
芷蕙相從文格老，蛾眉見妒雨風狂。
於今茶酒言詩法，大月中天石壁長。

南通范氏詩文世家出版志欣

儒風遠接古崇川，詩教千秋繼往賢。
絶頂風光真不朽，巍巍巨帙合人天。

和南通范氏詩文世家出版志欣

代有才思涌若川，逶迤往哲與今賢。
詩家文物南通范，月在清江水在天。

和從軍

蒼天有意獨憐才，澒洞波濤震若雷。
行看石鯨鱗甲動，飛霞便送晚晴來。

和和從軍

排空跌宕果雄才，勢若龍奔響若雷。
非是石鯨能隱顯，銀濤過後碧濤來。

游古驛抒懷

秦皇古驛有殘痕，一瞬千秋又甲申。
蝸角觸蠻莊子意，追風我卜卅年春。

和游古驛抒懷

閑花莫掩舊時痕，天馬開張意氣申。
秉燭肯期真有得，且應俗尚卜長春。

和盈午

不著文章世已驚，清風拂殿照春明。
吴生下手當風快，鏜鎝縈宮動碧甍。

和詩古譯千變

閑花莫掩書中意，天畀開軒意緒由。

東鄰青眼真有得，且應俗尚不求春。

和盈午

不著文章古已齋，清風拂照春明。

吳生下手當風快，羞殺[illegible]。

和和盈午

炎黃賦好未須驚，書畫煌煌滿眼明。
江水雲山良我友，氤氳氣象上高甍。

題安定書院

海陵一樹越千年，銀杏不凋拂昊天。
安定胡瑗宣教化，神州太學注清泉。

和題安定書院

繁榮百物萬斯年，教化功高上格天。

枝葉齊詩銀杏好，使君不老是清泉。

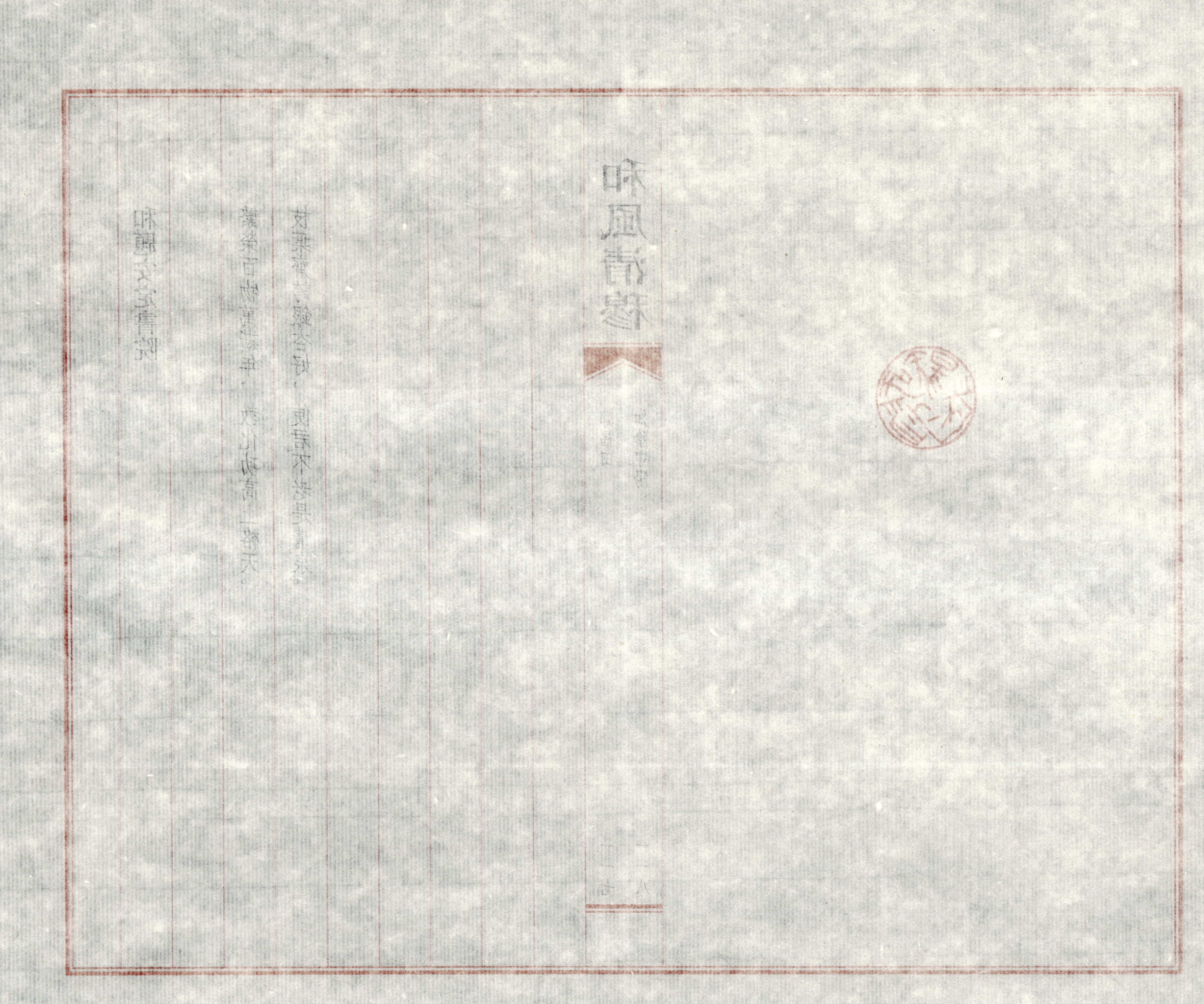

沁園春·題成吉思汗造像

莊肅崇陵，碧昊凝雲，急雨似泉。看英雄鐵鑄，猶聞嘶嘯；纛麾風掣，正共鷹鳶。韜略寰中，宏圖化外，一代天驕張勁弦。堪比量，問古來王者，誰與齊肩？

版圖盡改當年。大一統、皆書汗國篇。便貝加爾湖，解繮飲馬；莽昆侖岳，聽道詢賢。掌上歐亞，兒儕分治，車駕穹廬動野烟。真壯烈，帥驍兵駿騎，直指天邊。

和沁園春・題成吉思汗造像

舊歲登臨，意氣凌霄，豪語涌泉。念千秋史册，忠文烈武；三原草莽，走鹿翔鳶。都道天驕，雷行沙起，叱吒風雲張勁弦。黄鐘曲，引唐宗宋祖，略與齊肩。

抱冲望重年年。鑄金石、詞成題像篇。證騰飛萬類，豈惟鐵馬；奔流九派，代有高賢。今我來斯，當公詩後，大野崇陵蕩紫烟。升平調，早從容唱徹，海角天邊。

沁園春・七十自壽

老叟今年，皓髮孩提，意氣轉豪。説滔滔萬象，且持觥酒；茫茫造化，漫用鋒刀。日月羅胸，璣珠筆底，比列靈均吟楚騷。揚眉笑，有炎黄大賦，聲溢波濤。

鶴翔雲淡風高。問亘古、誰堪同弄毫？便虎頭彪遠，終嫌柔弱；吴生爍世，更覺喧囂。屈鐵鈎銀，奇文峻墨，自信江東釀醑醪。吾何悔，挽伊人楠莉，玉軑揚旌。

和沁園春·七十自壽

賦作炎黃，畫譜前賢，想見情豪。況臨風把酒，三千詩草；揮翰潑墨，八面鋒刀。大愛人寰，長歌天際，七秩江東誦楚騷。青春意，有眉間色彩，眼底波濤。

望中水遠山高。羨幾個、知音細弄毫。縱晴陰變化，無關進退；春秋代序，未許喧囂。滿目光華，當場隻手，何日同公共醑醪。英雄事，更藍田好玉，圓月新旄。

滿江紅·贈英雄的警察部隊

盾上春秋，憑誰鑄、品高節烈。赤幟展、乘風搏浪，護民以血。敵愾同仇驚鬼蜮，情深摯愛籠都邑。警笛鳴，舉世贊藍衣，陰邪滅。

烏巢起，天下悦。奧運火，寰球熱。仰景星麗日，萬邦同挈。百載夢圓歸故國，千秋勛迹標豪傑。楓葉紅、羅格奉高評，無比説。

和滿江紅・贈英雄的警察部隊

身處繁華，依舊是、凜然風烈。憶疇昔、經霜歷暑，獻芹流血。已把真情傾大衆，從來忠愛盈鄉邑。好河山，金盾護承平，奸邪滅。

迎奧運，民心悦。傳火炬，吾心熱。有鳳凰翔集，桂枝齊挈。光影九天垂漢斗，賓朋四海超群傑。子弟兵、警蹕世無雙，人人説。

沁園春・奧運會

火樹銀花，四海驍兒，勇赴擅場。憶愛琴長浪，霞光映曄；奧林匹岳，神靄相望。身手非凡，心靈肅穆，動靜之間綻衆芳。歎奇絶，此峥嶸抱負，正共炎黄。

神州感化上蒼。一百載，能將夢想忘。有匹夫可仰，大洋孤泊；弱邦堪慟，壯志難彰。地覆天翻，億民振奮，無盡雲濤涌八方。抬眼望，正燦然寶闕，飛出金凰。

和沁園春·奥運會

萬國咸來，北雨東風，共擅勝場。看森嚴大陣，旗林連屬；婆娑好舞，星斗相望。燕語新巢，魚翔巨館，智水仁山處處芳。關情切，與川邊挽手，一脉炎黄。

高穹正色蒼蒼。五環耀、誰將舊夢忘。恨病夫羞辱，幾時得雪；强鄰窺伺，有目皆彰。今我中華，淵停岳峙，振奮歡呼動八方。祥雲繞，向天驕舊地，起鳳騰凰。

沁園春·國慶周甲述懷

萬古江山，峻極昆岡，迤邐莽翰。憶千年蹶難，瘡痍滿目；無窮困厄，風雨如磐。地火猶存，丹心豈失，悲憤何能損肺肝。真英烈，看豐碑百尺，挽住狂瀾。

神州洗却冬寒。六十載、飛馳策馬鞍。縱列强窺目，巍峨自在；盟邦執手，璀璨同歡。翼載和諧，翱翔拂日，科學權衡發展觀。浮大白，慶五星赤幟，映曄雲端。

和沁園春·國慶周甲述懷

點畫乾坤，砥礪芒鋒，搖落柔翰。剩三墳五典，篇篇似夢；千元百宋，風雨如磐。浩浩中流，巍巍泰岳，幸與英雄寫肺肝。尋常事，但浮沉出處，水火波瀾。

春温換却冬寒。一甲子、奔騰未下鞍。正過都歷塊，周原無阻；飛天追月，牧野同歡。河海嘉魚，城鄉廣厦，詩酒聽人説偉觀。千秋歲，把飄揚赤幟，唱向雲端。

千秋歲·九月九日獲法蘭西最高榮譽軍團騎士勛章述懷

登高長嘯，曄曄朝陽照。環宇奏、宫商調。故園添勝迹，騎士欣遐眺。休再問，風流總被無端誚。

今見心旌耀，盛譽歸宗廟。清四野，朝天爝。詩人飛斝飲，談士揮毫笑。從今後，祥雲瑞靄神驄繞。

和千秋歲·九月九日獲法蘭西最高榮譽軍團騎士勛章述懷

先生吟嘯，大日繽紛照。好事近，清平調。譽隆歐陸遠，才峻吴峰眺。
渾忘却，天人風采聞人誚。
揮手華英耀，折桂朝宗廟。今古意，文明嬗。書餘浮白飲，賦罷
掀髯笑。秋原闊，猶龍寶驥祥光繞。

金縷曲·和宋詞兄原韵

漫道寒流急。卅年前、亦曾噩夢，萬方沉寂。慚愧難尋回天力，
争禁男兒熱血。衹向壁、淋漓揮墨。一擲千金何足惜，建高樓、
恢我東方業。堪嘯傲，學人傑。
參商揖别懷冲室。想先生、悠然鶴影，晚霞藏迹。詩酒飄零前朝
事，淚灑崇陵故國。不忍讀、南明殘曲。定價洛陽欣紙貴，寄深情、
命我蕭疏筆。透陌柳，添寒色。

和金縷曲·和宋詞兄原韵

簾外風鳴急。漸無人、霓虹泛彩，市聲岑寂。想像披襟臨巨案，來寫萇弘碧血。月圓缺、鑒公翰墨。學府重樓高建樹，展雲程、兒輩千秋業。滄海上，出群傑。

當時一入芝蘭室。最堪驚、龍翔鳳翥，了無塵迹。書劍曾經歐陸遠，斷魂依然故國。怕辜負、芳荃心曲。翠薜蒼崖知興替，著奇文、發露英雄筆。憑古道，照顔色。

賀新郎·癸酉年於巴黎將歸國矣

記得長辭日。看秋空、月藏星隱，雨疏風疾。三載悽惶唯枯寂，祇覓當時夢迹。禱社稷、無邊春色。慷慨平生多逸興，歎今朝、空賸蕭條筆。寫不盡，秋如織。

經冬緑葉江南橘。尚棲遲、歲寒心在，夢縈家國。東藝崇樓今威峙，猶待歸來輔弼。檢點起、詩箋琴瑟。自信千秋丹霞志，便搏飛羊角垂雲翼。湖海主，不爲客。

和賀新郎・癸酉年於巴黎將歸國矣

泛海深憂日。倩誰知、籬邊草長，樹頭雲疾。魂夢鄉炊空嫋嫋，
剩有淋漓墨迹。寫一片，傷心顏色。磊落江東豪氣在，算當時、
未負春風筆。高嶺外，碧烟織。
玲瓏樹帶經霜橘。遍天涯、新知舊雨，望中家國。收拾光芒歸來急，
不但詩書右弼。更無與、紅塵琴瑟。六月風高南溟遠，是鯤鵬要
展沖霄翼。斟北斗，宴嘉客。

沁園春・杜甫草堂

茅屋猶存，草樹斜陽，萬里橋西。念詩壇人老，荒村結舍；蓬門
籬在，野叟同卮。落木無邊，長江不盡，多少風烟烽火思。長安渺，
歎鄉關日暮，世事如棋。
高吟絶代清奇。是一卷、人間哀怨詩。寫石壕翁媪，徹眉醉楚；
夔州鼓角，透骨傷悲。綾爛朱門，肉囤大户，溝壑横陳僵死尸。
長篇在，仰蕭條异代，竹帛名垂。

和沁園春・杜甫草堂

身世飄零，逐草追蓬，南北東西。歎神州板蕩，唯餘諸稿；交親散落，誰與同厄。烽火連延，光英未斬，故國山川起夢思。新來蜀，況家書斷雁，世事殘棋。

草堂百代稱奇。共此老、煌煌萬首詩。有重茅風卷，群童争抱；銅駝汗血，野叟齊悲。氣可干城，書成信史，淚灑斯民溝壑尸。千秋歲，正回溪鷺起，大野雲垂。

沁園春・賀聶衛平勝大竹英雄凱歸

小聶歸來，意逸神馳，舉世盡杯。便英雄大竹，飄零帥纛；武宫正樹，更偃雲麾。王者風容，大師手段，五度關山擎險頹。真奇跡，看天翻地覆，凍解春回。

神州添了光輝。信大業、千秋能式微？算修篁古茂，行看浩瀚；新松稚嫩，期在崔嵬。薄海宏圖，移山壯志，莽莽無邊起悶雷。吾與汝，有棋枰畫案，共振聲威。

和沁園春·賀聶衛平勝大竹英雄凱歸

海立山呼，聖者歸來，萬衆銜杯。念斬關奪壘，堂堂國手；追奔逐北，烈烈軍麾。瑜也從容，公尤瀋定，談笑當時振險頽。相攜處，看五番潮涌，一旦風回。

棋枰畫案長輝。況詞彩、飛揚意韵微。愛空山綿渺，芝蘭并茂；中流浩蕩，砥柱同嵬。古藝葱蘢，新苗茁壯，一片心香待巨雷。二三子，仰宏門雅肅，正學明威。

金縷曲·依原韵敬和寇夢碧先生

幻合真如戲。且高吟、東坡曠放，稼軒豪氣。跌宕平生痴和醉，千古誰人與似。夢碧老、欣逢知己。寂寞從來歌者苦，莽天涯，肅殺悲風起。驚夢見，范當世。

十年酷日長門閉，遍人間，黃鐘毀弃，月沉心死。千尺崇碑花如雪，家國憑誰輔濟。但放眼、飄飄英幟。往事祇堪成追憶，願從今、掃滅群狐鬼。錘老劍，焰無際。

和金縷曲·依原韵敬和寇夢碧先生

故與晴鷗戲。肯相忘、三河裘馬，五陵豪氣。百折千回陶冶就，色笑春花有似。得幾個、人生知己？擊筑悲歌驚四座，甚宫商，不喚英雄起。書與劍，冠當世。

瑶臺偃蹇雲樓閉。憶曩時，鸞凰羽折，美人心死。月照南溟無限水，畢竟鯤鵬誰濟？且看我、嚴兵高幟。每誦離騷欽山斗，畫鍾馗、整肅閑神鬼。心浩渺，接天際。

沁園春·題李時珍采藥圖

翠岳如屏，碧草迷津，霧繞靄飄。看蘄州聖手，欣懷妙悟；山林野叟，細述方謡。卅載風霜，一筐卉草，綱目千秋真可標。堪懷念，想當年苦恨，塊壘難消。

高人不畏譏嘲。任方士王侯攻忤囂。笑餐霞仙子，終歸抔土；求丹聖上，一樣蓬蒿。疾苦漁樵，鰥孤翁媪，長使先生肝膽焦。雨湖畔，仰高楊故塚，垂範今朝。

和沁園春·題李時珍采藥圖

翠巘丹霞，濕暑蒸騰，雨霧迭飄。問芒鞋幾兩，來尋本草；竹溪誰個，歸驗方謠。看蟻心微，捕蛇風險，半世艱難樹錦標。王侯事，祇一番燧起，百代烟消。

當時便有人嘲，若蛙陣蚊雷怒而囂。喜傳鈴父祖，鐸音禹甸；開山子弟，足迹藜蒿。藥采山陬，思深星漢，不令吾民肝肺焦。真仁者，把千秋大愛，澤被今朝。

賀新郎·題丈六巨作風塵三劍圖

鎮日蓬門閉。又瀟瀟、迎春花謝，紫玫新茁。故國音書愁雲外，忍向黄陵禹穴。祇今有、流泉聲咽。海溢長憐身影子，縱當初、一怒辭天闕。解不了，鄉情結。

丹青半世馳英傑。向生縑、滋蘭樹蕙，筆菁心潔。劍俠風塵秋楓裏，但聽霜蹄激烈。頌萬古、凌霄高節。紅拂鮫綃猶在否？料淚痕、已化相思血。莫漫説，芳菲歇。

和賀新郎·題丈六巨作風塵三劍圖

曾向豪門閉。誤年年、山縈水曲，楓紅蘭茁。浪迹隨君鞭影遠，出入龍潭虎穴。况盈耳、斷風幽咽。要灑霜蹄雄海内，更虬髯、相伴嚴城闕。天下事，共心結。

大儒卓举超群傑。展新縑、從容書寫，畫圖高潔。回想秋雲吹草樹，竟也驚飆烈烈。鍛練了、巍巍峻節。去國浮桴成追憶，衹當時、涙比啼鵑血。今月好，歌休歇。

范曾　庚寅用福田清宮驚夢韵述懷

我有高懷寄茝蘭，無窮俗諦意何殘。
披襟不失靈均志，掣電還追弃疾鞍。
畫閣凌烟揮筆易，詩壇駕鶴浮雲難。
華章合抱天人境，一綫神犀起鳳鸞。

鄭福田　清宮驚夢

盈腰蕭艾掩芝蘭，檀板昏昏劇已殘。
曲繞三回聽自好，酒迷七彩飲方摶。
幾人宰割江山瘦，萬姓流離道路難。
鼙鼓若非來島國，錦衣竟夜跳加官。

鄭福田　用秋興八首韵記余與范曾先生往還涯略

其一　辛卯二月赴抱冲齋請益有感

鷗鷺來翔集碧林，抱冲氣象望森森。
階前枝嫋垂金綫，頂上文奇有舊陰。
每發清言驚四座，一分俗諦見初心。
盈庭車騎兼瑜亮，許我微吟月滿砧。

其二　范曾先生演教

冠蓋紛紛燕羽斜，名園碧水右京華。
重檐角接清宵月，紫樹枝鄰銀漢槎。
學問中西滄海運，歌吹雅正柳城笳。
謝家子弟藍田玉，共坐春風證雨花。

其三　北京大學中國畫法研究院禮聘范曾先生任院長，余幸與盛典，始得謁見先生，此余與先生晤面之始也

黄鐘聲遠五雲暉，翰墨先生振式微。

欲起東山安石卧，偶來六月禦風飛。
詩文若海今能記，人物猶龍久已違。
法度端嚴談笑裏，座中誰個莽然肥。

其四　范曾先生詢及余少時事，因以記之

月作銀盤星是棋，人間百緒止欣悲。
一春叱馬呼牛日，四野披襟獻曝時。
小圃勤澆瓜猛長，舊書亂看水旋馳。
冬閒最愛民風好，大鼓評詞起壯思。

其五　范曾先生友人有善養虎者，先生曾圖貌諸虎，畢肖其形神。曾謔語曰：某公家犬惡，如得虎水灑其四至，犬復何敢如此。因大笑。先生語默風流，莊諧并作，令人神旺

揚威萬里出崇山，心在蒼岩大霧間。
顧子回眸真聖者，臨風立雪若重關。
長嘶烈烈狂生鬣，巨筆堂堂醉寫顔。
堪笑人家吠形犬，遥聞滋味不當班。

其六　讀范曾先生畫集

文章五色鳳池頭，翰墨從容春復秋。
畫裏靈均稱大美，眉間蘇子去深愁。
臨淵共羡知心鶴，聞道還歸解語鷗。
醒則青春眠則恬，高懷今日滿神州。

其七　讀范曾先生沁園春題成吉思汗造像

巨闕高臺見偉功，天驕隆譽五雲中。
江東有客圓融月，塞上還春駘蕩風。
醉墨沉雄豪雨白，晴暉爛漫大旗紅。

[illegible]憲[illegible]集[illegible]曰：「[illegible]章[illegible]東大[illegible]。」

江東古郡圖經曰：秦王[illegible]會稽[illegible]。

五關[illegible]臺東南四十，[illegible]五十三里。

其七 [illegible]

歸頌青春照明起，高臺今日[illegible]神仙。

昭代共安文[illegible]，[illegible]韓詩語。

[illegible]大夫[illegible]深[illegible]

文章江左[illegible]，[illegible]春[illegible]。

東六 [illegible]

和風清穆

[illegible]

甚矣人家大形大，[illegible]不當生。

長頭河[illegible]生[illegible]，[illegible]古[illegible]頭。

賦才向來真聖者，歸[illegible]立言書[illegible]關。

德成再里出[illegible]山，[illegible]著[illegible]入[illegible]。

[illegible]風流 [illegible] 今入神仙

木[illegible]在西[illegible]，太[illegible]，因大笑。[illegible]

[illegible]其中[illegible]

其五 [illegible]生[illegible]入有書[illegible]生西圖[illegible]

長原遼闊青山遠，健羽冲霄是此翁。

其八　余敬和范曾先生詩，成《和風清穆》，請序於先生。先生欣然允諾，當場賜序，下筆滔滔，不能自休，若有神助者

塵沙吹鬢路逶迤，來仰嚴城過錦陂。
對語原如江海浪，和詩許共鳳凰枝。
學臻化境烟霞入，妙造毫顛日月移。
據案欣然書大序，鯤鵬擊水野雲垂。

鄭福田　呈范曾先生用黄山谷詩韵五首

其一

謡詠紛紛人有口，直欲鑠金移山斗。
一笑從他愚且頑，十翼翩翩天外還。
擊水浩渺長波裏，摶飛蒼茫九雲間。
歸來龍文稱上上，良馬春原驕自賞。
山鬼鍾馗亦關情，靈均氣象作干城。
當年豈是輕進退，心繫鄉關草木榮。

大化遷流成大美，過眼碌碌無餘子。
便將晴箋寫白鷗，頻來沙頭最可喜。
君不見風塵三俠氣若蘭，朱弦要爲佳人彈。
夢裏幾番鮫綃影，畏途巉岩或可攀。
阮籍青目究何故，紅日蒸騰霞滿山。

其二

從來我手寫我口，無論草芥與泰斗。
老子乘牛出函關，化胡去處幾時還。
五千簡書付尹喜，大智輝煌天地間。

江東浮桴湖海上，孤憤詩成何人賞。
薜荔女蘿偏有情，驚風密雨護高城。
一旦雲開現朗日，舉目峻茂與清榮。
談經奪席文章美，筆墨瀾翻連珠子。
長調恢宏法度嚴，小詞飛揚知音喜。
君不見壁間琴劍色斑斕，昂藏不爲俗客彈。
賦罷炎黃鳳凰起，煜然神韵恰追攀。
沁園春意端正好，秋興眼界山外山。

其三

雄辯豈必懸河口，且挹西江斟北斗。
醉餘先生肆羽翰，勢若奔風去復還。
亦若微笑拈花手，婀娜香分指顧間。
有時朗吟高臺上，鷹鶱萬里共相賞。
浩浩海岱君子情，吾華巍巍錦綉城。
不與野芳爭顔色，祇從幽谷認欣榮。
大愛無言天下美，能除俗諦二三子。
筆頭萬字珠璣圓，碧樹千絲垂條喜。

君不見羲之蘭亭蔚偉觀，宇内更誰别調彈。
氣格平原邁今古，驊騮騏驥競相攀。
坡公寒食世無匹，江東宗派起名山。

其四

秋水訇然注壺口，傾倒天河酌天斗。
金濤澎湃銀濤翻，渾渾浩浩去不還。
兩岸朦朧無限事，盡在黄牛白馬間。
大儒立身渚涯上，正學未須邀人賞。
誰家蝴蝶化莊生，千載離騷繞帝城。

問訊蒼蒼識正色，辨乎内外驗枯榮。
有時演教春風裏，棒喝雷音若佛子。
月看盈虧水探源，得則深思失則喜。
君不見山尊一吼警痴頑，玉洞深弦日夜彈。
佛禪儒道無罣礙，顛倒夢想斷牽攀。
且認昨日猶今日，往來更是幾青山。

其五

良庖亦難調衆口，况復年年天垂斗。
名流茁壯名家繁，方城游戲莊回還。

馳騖幾人登金榜，祇在豔李穠桃間。
江東巨眼重草莽，大漠長煙恣深賞。
想像射雕野雲平，琴書迤邐越長城。
碧昊來瞻天驕業，莊嚴崇陵萬物榮。
纛麾鷹鳶收眼底，新詞一闋朝天子。
耳畔鏗訇黄鐘鳴，吾華復興豪傑喜。
君不見貂裘换酒倚欄干，焦尾清音向誰彈。
大塊噫氣鯤鵬化，燕雀榆枋不可攀。
九派奔流滔滔是，十翼翔翥向青山。

范曾，一九三八年生於江蘇南通，著名書畫家、國學家、詩人。現爲北京大學教授、北京大學中國畫法研究院院長，英國格拉斯哥大學名譽文學博士，中國藝術研究院博士生導師、終身研究員，南開大學終身教授，南開大學文學院、歷史學院博士生導師，南通大學終身教授。二〇〇八年獲法蘭西國民之星金質勛章。二〇〇九年被聯合國教科文組織任命爲「多元文化特別顧問」。二〇一〇年九月，法國總統薩科齊向范曾先生授予「法國榮譽軍團騎士勛章」。著作有《大丈夫之詞》、《范曾詩稿》、《莊子顯靈記》、《范曾簡墨》、《尊賢畫集——范曾與八大山人神會》、《范曾韵語》、《范曾散文三十三篇》、《老莊心解》、《范曾論文學》、《趨近自然》等約一五〇種。

鄭福田，一九五六年生於内蒙古翁牛特旗。教授，詩人。現任全國政協委員，内蒙古自治區政協副主席，中國民主促進會中央委員會常委，中國民主促進會内蒙古自治區委員會主任委員，内蒙古師範大學副校長，内蒙古師範大學文學院碩士生導師。著有《唐宋詞研究》、《鴻印書痕——三益齋舊體詩詞》、《鴻印書痕二集》、《三益齋吟草》、《巢林觀海——三益齋讀書札記》、《含英咀華——三益齋説詩叢稿》等多部著作。

圖書在版編目（CIP）數據

和風清穆：鄭福田和范曾詩詞 / 鄭福田著．—— 北京：中華書局，2011.6
ISBN 978-7-101-08016-2

Ⅰ．和… Ⅱ．鄭… Ⅲ．詩詞－作品集－中國－當代
Ⅳ．I227

中國版本圖書館CIP數據核字(2011)第101254號

和風清穆——鄭福田和范曾詩詞

著　　者　鄭福田
篆　　刻　劉少剛
責任編輯　朱振華
裝幀設計　毛淳
出版發行　中華書局
北京市豐臺區太平橋西里38號　100073
http://www.zhbc.com.cn
E-mail:zhbc@zhbc.com.cn
印　　刷　杭州蕭山古籍印務有限公司
版　　次　二〇一一年八月第一版
二〇一一年八月第一次印刷
印　　數　一五〇〇册
書　　號　ISBN 978-7-101-08016-2
定　　價　貳佰陸拾圓